AF236147

Thorsten Lux

Fliegen

Eine andere Verwandlung

FSC
www.fsc.org
MIX
Papier aus ver-
antwortungsvollen
Quellen
Paper from
responsible sources
FSC® C105338

© 2021, Thorsten Lux
Herstellung und Verlag: BoD – Books on Demand,
Norderstedt
ISBN: 9783753402604

»Als Gregor Samsa eines Morgens aus unruhigen Träumen erwachte, fand er sich in seinem Bett zu einem ungeheueren Ungeziefer verwandelt. Er lag auf seinem panzerartig harten Rücken und sah, wenn er den Kopf ein wenig hob, seinen gewölbten, braunen, von bogenförmigen Versteifungen geteilten Bauch [...]. Seine vielen, im Vergleich zu seinem sonstigen Umfang kläglich dünnen Beine flimmerten ihm hilflos vor den Augen.«

(Franz Kafka: Die Verwandlung)

1

Als ich eines Morgens aus unruhigen Träumen erwachte, fand ich mich auf dem Rücken liegend. Die Sonnenstrahlen drangen langsam, nach und nach, zu meinem Bewusstsein vor: zunächst bloß ein wenig, dann immer mehr. Dann wurde ich wach. Ich nahm den Blumenduft wahr, der von der lauen Luft in meine Nase getragen wurde.

Ich versuchte aufzustehen, aber meine Glieder gehorchten mir nicht. Ein tauber Schmerz erfüllte meinen Körper. Überhaupt fühlte sich mein Körper seltsam an. Und wenn ich den dröhnenden Kopf mit großer Mühe etwas anhob, schien mir mein Körper, soweit ich ihn sehen konnte, merkwürdig verändert und fleckig.

»Was ist mit mir geschehen?« dachte ich. Zunächst glaubte ich an einen Traum – einen furchtbar verstörenden Traum. Ich wollte aufwachen.

Ich versuchte meine Muskulatur anzuspannen: zuerst die Rückenmuskulatur, dann die Beinmuskulatur und schließlich die Armmuskulatur. Doch es wollte nicht gelingen.

Unter größter Mühe spannte ich den Bauch an. Immerhin: es funktionierte – wenn auch nicht so, wie ich es mir gewünscht hätte. Ich ließ den Bauch wieder locker und atmete tief durch. Das war ein Anfang – etwas, mit dem ich arbeiten konnte.

»Passiert mir das gerade wirklich?« zweifelte ich. Ich hatte das Gefühl meinen Verstand zu verlieren: in mir selbst gefangen zu sein.

Ich versuchte mich zu konzentrieren. Ich richtete meine ganze Aufmerksamkeit auf die wärmenden Sonnenstrahlen, auf den Blumenduft. Ich spürte wie mein Rücken den Untergrund berührte, nahm die Geräusche um mich herum wahr. Langsam beruhigte ich mich so weit, dass mein Gehirn wieder klare Gedanken produzierte und endlich auch formulierte.

Wie sollte es weitergehen? Vielleicht musste ich hier hilflos liegen bis mich jemand aus meinem Leiden erlöste, machte sich wieder Panik in mir breit. »Erlösung?« Wahrscheinlicher schien mir, dass mich irgendein Tier anfressen würde, während ich wehrlos aber bei Bewusstsein herumlag.

Ängstlich lauschte ich ob ich ein verdächtiges Rascheln vernehmen konnte. Und tatsächlich Raschelte und Knisterte es um mich herum. Kalter Schauer kroch in mir auf.

»Wenn man erwartet etwas Bedrohliches wahrzunehmen, nimmt man auch etwas Bedrohliches wahr,« versuchte mein Verstand die Panik zu bekämpfen. Vielleicht lag ich hier bis der Hungertod kommen würde.

Ich gab mir einen Ruck! Meine Muskeln reagierten: führten einen kurzen aber heftigen Impuls aus. Es folgte ein unkontrollierter Sturz in die Tiefe.

Nach kurzem Fall landete ich schmerzhaft auf dem harten Boden. Es war kein Traum! »Nicht hyperventilieren – ganz ruhig atmen,« versuchte ich der neu aufkommenden Panik zu begegnen.

Nach einer ganzen Weile gelang es mir meine Atmung zu beruhigen. Ich konzentrierte mich auf den staubigen Geschmack in meinem Mund. Es musste doch gelingen meine Gedanken soweit zu ordnen, dass ich über eine Lösung nachdenken konnte.

Es dauerte nochmals eine ganze Weile bis ich wieder soweit bei mir war und beruhigt genug war, um mich in der neuen Umgebung wahrzunehmen: den brennenden Schmerz in Armen, Bauch und Beinen, den erdigen Geruch des harten Bodens unter mir, die regen Geräusche um mich herum und das klatschende Klopfen der dicken Regentropfen auf meinem lahmen Rücken.

»Lahmer Rücken?« überlegte ich mir: »wenn ich in der Lage war den Schmerz zu empfinden, das Aufschlagen, Zerplatzen und Verrinnen der Regentropfen, dann musste es doch auch möglich sein mich zu rühren: Glieder die man spüren kann, muss man auch rühren können,« redete ich mir ein, bis ich das Gefühl hatte mir selbst zu glauben.

Nun versuchte ich erneut meine Glieder zu bewegen. Den Versuchen folgten Schmerzen und Enttäuschung. Aber schließlich gelang es, zunächst kleine, dann immer größere, Bewegungen zustande zu bringen.

»Verdammter Mist,« versuchte ich mich zu motivieren, »das muss einfach funktionieren.«

Nach einigen schmerzhaften Bauchlandungen folgten weitere schmerzhafte Bauchlandungen. Dann hatte ich mich auf meine Glieder stützend aufgerichtet. Ich verharrte in dieser Haltung und versuchte das Gleichgewicht zu halten.

»Man muss den Schmerz akzeptieren, um mit ihm leben zu können,« versuchte ich mir Mut zu machen. Ich versuchte mein Bewusstsein wieder auf die äußeren Eindrücke zu lenken: auf den Boden unter mir, der langsam vom Regen aufgeweicht wurde, auf den typischen Geruch von Regen, auf das Klatschen der Regentropfen um mich herum.

Ein beharrliches Jucken und Kribbeln auf dem Rücken lenkte meine Aufmerksamkeit wieder zurück auf meinen Körper. Mein Rücken fühlte sich noch immer seltsam lahm an – so als hätte er über Nacht an Gewicht gewonnen. »Das nicht auch noch,« verzweifelte ich, »ob ich nun auch noch an Gewicht zugelegt habe?« Zumindest würde das meine Gleichgewichtsprobleme erklären.

Tatsächlich ärgerten mich die Anderen seit jeher, dass meine Beine zu dünn für meinen Bauch wären, dass ich lahm und hässlich sei.

Selbst mein Gesicht befanden sie als zu grünlich. Und tatsächlich befand ich nach vielen prüfenden Blicken in mein Spiegelbild, dass sie irgendwie

Recht hatten. Mein Bauch schien mir tatsächlich groß, meine Beine vergleichsweise kümmerlich und mein Gesicht tatsächlich zu grün. Ihre Bemerkungen wurden zu meinen Zweifeln. Aus meinen Zweifeln wurde meine Gewissheit.

»Aber was nutzt solche Einsicht,« dachte ich bitter, »ich kann mich beeilen und mein Äußeres verstecken. Aber letztlich ist keine meiner Bemühungen ausreichend – nicht einmal mir selbst gegenüber.«

Ich hatte mich nicht bloß tunlichst von den Anderen zurückgezogen, sondern war selbst mein wohl heftigster Kritiker geworden. Alles versuchte ich perfekt zu machen, ständig versuchte ich mein Tun zu hinterfragen und noch besser hinzubekommen – und ständig suchte und fand ich etwas, das mich störte.

Hatte ich den Anderen tatsächlich etwas zu bieten? Immer wieder fand ich Fehler in meinem Tun, fühlte mich blamiert und verletzt. Selbst wenn mir jemand sagte, ich hätte etwas gut gemacht, konnte ich das nicht glauben. Bald erkannte ich, dass ich besonders viele Fehler machte, wenn ich krampfhaft versuchte keine Fehler zu machen. Vielleicht machte gerade das mein Leben aus.

»Die Anderen können mich mal,« dachte ich trotzig, »ich bin ich weil ich niemand anders sein kann und ich nicht anders sein kann als ich bin.«

Eigentlich waren die Anderen noch größere Kritiker. Für sie gab es entweder Pflichterfüllung, oder eben Zeitverschwendung. Außerhalb dieser Kategorien gab es nichts. Und hatten sie nicht Recht? So hatten sie es von ihren Eltern gelernt, die wiederum von ihren Eltern... - bloß mit mir stimmte etwas nicht!

Und dann eines Tages hatten sie mich alleine gelassen. Lag es an mir und meiner trotzigen Art mit meinem Leben umzugehen? Ich hatte wohl etwas Wichtiges falsch gemacht, hatte sie enttäuscht, erzürnt, oder was auch immer. Nein, so oft ich es mir auch einredete: Es war mir nicht egal, was sie über mich sprachen.

Aber stimmte das überhaupt, dass sie mich alleine gelassen hatten, oder hatte ich mich immer mehr zurückgezogen, um ihren geringschätzigen Worten zu entgehen? Oder hatte ich mich sogar zurückgezogen um mich geringschätzigen Worten zu entziehen, die ich bloß befürchtete?

Weshalb hatte ich bloß dieses unsinnige Bedürfnis alles zu hinterfragen - mir Gedanken zu machen die zu nichts führten, woher kam das Bedürfnis mich mit Gedichten, Geschichten, Farben, Düften, Klängen usw. auseinander-zusetzen; und weshalb dachte bloß ich über so etwas nach? Niemand in meinem Umfeld beschäftigte sich mit solchen Dingen. Weshalb konnte ich mich nicht auf die wichtigen Angelegenheiten bescheiden? Essen, Trinken, Erwartungshaltungen erfüllen: keine Weltanschauungen und Feindbilder hinterfragen - Funktionieren und mich leben lassen, statt selbst zu leben. Offenbar führte eine solche Geisteshaltung fort von den Selbstzweifeln und hin zur Anerkennung der Anderen.

Aber so oft ich es auch versuchte: mein Gehirn wollte sich einfach nicht mit weniger abgeben. Immer wieder ertappte ich mich dabei alles zu hinterfragen, alles in Zweifel zu ziehen. Mein Gehirn funktionierte nicht wie es sollte, sondern versuchte beständig mir ein Gesamtbild der Welt zu liefern, in der ich lebte. Zudem ließ mich nun auch noch mein eigener Körper im Stich.

Ich versuchte eine Ursache für dieses Versagen des Körpers zu ergründen. Was hatte ich getan, bevor ich mich zur Ruhe legte?

Mir wollte nichts Außergewöhnliches einfallen. Ich hatte überhaupt eine irgendwie verwaschene Erinnerung. Das konnte an der Angst und an der Desorientierung liegen.

2

Näherkommende Stimmen rissen mich aus meinen Gedanken. Panik! Ich musste weg – wollte auf keinen Fall gesehen werden!

Zuerst musste ich mit mir selbst zurechtkommen und mir bewusst werden, was das alles zu bedeuten hatte.

Die Furcht vor dem entdeckt werden, verlieh mir Kräfte: ich sprang auf die Beine, schnellte herum, um den Stimmen zu fliehen und hätte beinahe jemanden umgerissen!

Ohne ein Wort stürmte ich vorbei und in die Natur. Instinktiv mied ich die Wege und rannte blindlings durch den Matsch des aufgeweichten Erdreiches, das bei jedem Schritt und nach jedem Sprung herzhaft schmatzte.

Noch immer schien das Bild der aufgerissenen Augen und des offenstehenden Mundes in meinem Kopf zu brennen: wie sah ich bloß aus?

Nasse Pflanzen peitschten mir ins Gesicht, während ich an ihnen vorbei stürmte. Ich hatte keine Ahnung wo ich mich befand – bloß Pflanzen sah ich noch um mich herum, spürte den heftigen Regen auf meiner Haut, hörte meine Schritte im Matsch und roch den Duft der nassen Erde bis ich mich ganz von ihm eingehüllt fühlte.

Sicherlich hatte ich mich auf kolossale, fürchterliche Weise verändert. Was aber sollte aus mir werden? Ich konnte in diesem Zustand doch nicht zurück zu den Anderen! Verzweiflung breitete sich in mir aus.

3

An einem kleinen Weiher hatte ich meine panische Flucht ausgesetzt. Noch roch es nach Regen, noch plumpsten die Tropfen hin und wieder auf den Wasserspiegel und formten dort Kreise, doch der Regen hatte aufgehört, die Sonnenstrahlen fanden wieder ihren Weg zwischen den Wolken hindurch.

In der Ferne erblickte ich sogar einen Regenbogen. Ein schönes Trugbild das mein Gehirn dort mit Hilfe von Licht und meinem Sehnerv zustande brachte. Es sah schön aus und erfreute mich. Aber dennoch war es nur Schein.

Irgendwann musste ich zurückgehen, wollte ich nicht an Hunger und Vereinsamung zugrunde gehen. Aber so weit war ich noch nicht: erst einmal musste ich mich beruhigen; nachdenken ob ich einen Grund für die seltsame Veränderung ausmachen konnte und mich letztlich damit abfinden. Wie aber würden die Anderen reagieren, wenn sie mich sehen würden?

Ich konnte mich nicht mal selbst akzeptieren, mögen, lieben. Da konnte es auch niemand anderem gelingen. Ich konnte weiterhin versuchen meinen Mangel an Selbstwertgefühl hinter Trotz zu verstecken. Ich konnte Scherze machen, um meine Selbstzweifel zu verbergen. Vielleicht konnte ich so sogar darüber hinwegtäuschen wie ich mich tatsächlich fühlte. Immerhin hatte ich mit dieser Methode Erfahrung. Es gelang mir oft mit kleinen harmlosen Scherzen meine eigene Unsicherheit zu überspielen. Außerdem mochte ich es ein kleines Lächeln, oder sogar ein Schmunzeln hervorzurufen, wenn ich mit Anderen reden musste.

Vielleicht machte ich damit sogar jemandem einen erträglichen Tag, wenn er zumindest schon mal geschmunzelt hatte. Das fühlte sich gut an. Aber ob es tatsächlich so war, wusste ich natürlich nicht. Außerdem konnte ich Andere vielleicht auf diese Art täuschen – mich selbst nicht.

War ich tatsächlich so weit weg von meinem eigenen Ich und von meinen eigenen Gefühlen, dass ich mich selbst täuschen musste?

4

Eine Stimme schreckte mich auf - ich fühlte mich in die Enge gedrängt. Doch eine erneute Flucht erschien mir sinnlos: wenn ich mich schon der Welt stellen musste, dann sollte es eben jetzt geschehen. Genau genommen hatte ich sowieso keine Wahl: schließlich war ich doch bereits entdeckt.

Ich versuchte mich mit der neuen Situation abzufinden. Warum auch musste ich gerade hier stehen bleiben? Überall sonst hätte ich vermutlich unbeobachtet ausruhen und nachdenken können. Aber was änderte das jetzt noch? Zumal ich vorhin bereits entdeckt war, als ich beinahe jemanden umgerannt hätte.

»Ich sehe, dass Du beunruhigt bist,« bemerkte die Stimme, »was ist passiert?«

Ich atmete tief durch: was konnte mir jetzt noch geschehen. In die Enge gedrängt fühlte ich mich. Zeitgleich versuchte ich mir einzureden, dass ich nun sowieso nichts mehr zu verlieren hätte. Jedenfalls wollte ich mein Gegenüber nicht an meiner Unsicherheit teilhaben lassen.

»Augen zu und durch,« versuchte ich mich zu ermutigen. Ich schluckte und fing an zu erzählen – zunächst zögerlich, dann immer aufgeregter:

»Es begann heute früh. Nein, eigentlich schon heute Nacht. Ich schlief unruhig,« korrigierte ich mich, »als ich erwachte war mein Körper fleckig und schmerzte,« fuhr ich fort.

Die Stimme schwieg dazu.

War ich wieder alleine? Nein: ich konnte die Atmung hinter dem Schilf hören und erzählte weiter. Und irgendwie tat es sogar gut darüber zu reden – endlich einmal angehört zu werden.

»Aber nicht bloß das,« fuhr ich fort, »ich war völlig gelähmt – konnte mich nicht bewegen.

Mein gesamter Körper scheint irgendwie nicht zu mir zu gehören, mein Gleichgewichtssinn hat gelitten. Alles tut mir weh. Warum passiert das gerade mir? Ich verstehe das alles nicht.«

Als ich geendet hatte, vernahm ich ein Lachen. Es war jedoch kein verächtliches, demütigendes Lachen, sondern es wirkte irgendwie warm und verständnisvoll.

»So geht es uns allen,« begann die Stimme wieder zu reden und es bewegte sich im Schilf.

Was ich sah ließ mir den Atem stocken – solche Schönheit hatte ich noch nie zuvor gesehen: denn es war eine Schönheit die von innen strahlte – die nichts von Oberflächlichkeit oder Selbstverliebtheit ausstrahlte. Aber es strahlte nicht bloß von innen: die Sonnenstrahlen umschmeichelten ihren Körper, brachten ihr Gesicht zum Strahlen und die Farben zum Leuchten. Es war wie ein lebendig gewordenes

Farbenmeer das im goldgelben Licht der Sonne glitzerte.

»Es ist schwierig, aber wenn du frei und unbeschwert leben willst, musst du dich von deinen Erinnerungen befreien: du musst daraus lernen, aber darfst dich nicht davon lähmen lassen. Du erlebst gerade den Anfang einer großen Veränderung. Da ist vieles neu und es muss vieles ganz anders werden, als du es bisher kennst.«

Irgendwie leuchtete mir das ein. Doch wie sollte das gelingen?

»Hör zu,« sagte sie, »niemand kann dich zu irgendetwas zwingen oder dich zu etwas überreden. Aber dennoch kann ich dir vielleicht helfen. Ich kann dir meinen Weg aufzeigen. Ich kann dir erzählen wie ich mit dem allem zurechtgekommen bin: wie ich lernte zu Fliegen.

Vielleicht kann dir das helfen deinen eigenen Weg zu finden und dir darüber klar zu werden welche Schritte für dich richtig sind und was dir wichtig ist. Du bist ein Schmetterling und das ist zunächst ungewohnt. Der Körper schmerzt am Anfang und du musst dich daran gewöhnen mit ihm umzugehen. Außerdem musst du dich entscheiden, ob du dein Leben lang darunter leiden willst, dass Du eine Raupe warst und als Raupe behandelt wurdest. Oder du entscheidest Dich dafür das hinter dir zu lassen: deine Flügel aufzuspannen und dein jetziges Leben zu leben. Nicht um Dein bisheriges Leben zu verleugnen, sondern um weiterzukommen.«

Ich war noch immer tief beeindruckt von ihrer offenen, herzlichen Art, von ihrem freundlichen Lachen, von dem tief aus ihr heraus strahlendem Leuchten ihrer Augen.

Als ich mein Spiegelbild im Wasser betrachtete, stellte ich fest, dass sie Recht hatte: ich war zu einem Schmetterling geworden. Und als ich mich eine Weile betrachtet hatte, schien es mir sogar, dass ich schön sei.

Ich bewegte meine Flügel und bewunderte die Farben. »Von wegen zu grünlich,« machte ich mir Mut. Dann holte ich tief Luft, hielt kurz den Atem an und versuchte meine Flügel gezielt und kontrolliert zu bewegen.

»Sehr gut,« ermutigte sie mich, »und jetzt versuche abzuheben, zu schweben. Hab keine Angst. Du hast gelernt zu Laufen – nun versuche zu Fliegen.«

Es kostete mich noch sehr viel Anstrengung, aber nach einigen schmerzhaften Versuchen hatte ich gelernt zu Fliegen – wahrlich zu Fliegen.

Noch roch es nach Regen, noch plumpsten die Tropfen hin und wieder auf den Wasserspiegel und formten dort Kreise, doch der Regen hatte aufgehört, die Sonnenstrahlen fanden wieder ihren Weg zwischen den Wolken hindurch.

5

»Das glaubt mir doch niemand, wenn ich das erzähle,« dachte ich mir. »Glauben muss das auch niemand,« berichtigte ich mich selbst: »ich kann ihnen zeigen, dass ich gelernt habe zu Fliegen.«

Aber wie würden die Anderen reagieren, wenn sie sahen, dass ich flog? Vielleicht wären sie neidisch. Möglicherweise würden sie aggressiv werden. Ich hatte oft genug erlebt wie sie reagieren konnten, wenn sie glaubten, dass jemand einen Vorteil hätte, dass jemand etwas scheinbar mit weniger Mühe erreicht hätte, dass jemandem etwas geschenkt würde. Und gerade diejenigen die mit sich und mit ihrem Leben unzufrieden waren, schienen ganz besonders anfällig für Neid und Missgunst zu sein. Würden sie die gleiche Energie aufbringen, um etwas für sich selbst zu tun, müssten sie erst gar nicht darauf sehen, ob sie an jemand Anderen etwas entdecken könnten, das ihre Missgunst weckte.

Ich schüttelte den Gedanken ab: wollte ich mich nicht ebenso schlecht verhalten wie sie, musste ich ihnen einfach zeigen, dass ich Fliegen gelernt hatte und auch, wie das funktionierte.

Würden sie dann endlich aufhören über Andere schlecht zu reden und sich sogar Lügen auszudenken, um gemeinsam über Andere herziehen zu können?

»Suche ich gerade Gründe, weshalb ich ihnen nicht zeigen sollte, dass ich Fliegen kann?« befragte ich mich selbst.

»Wenn das so ist,« fragte ich weiter »dann bin ich doch in Gefahr genauso zu werden wie sie.«

»Nein,« sagte ich mir, »wenn ich mir ernsthaft diese Frage stellen muss, dann ist etwas ganz falsch. Und wenn mir mein Gefühl sagt, dass das falsch ist, dann muss ich mein Denken ändern.«

Das schien mir richtig. Ändern konnte man Andere indem man ihnen ein gutes Beispiel lebte und sie nicht allzu sehr mit den eigenen Vorbehalten konfrontierte. Dann kam es natürlich darauf an, ob sie das Beispiel auch wahrnehmen konnten und es auch als wahr anzunehmen wussten.

6

Ich flog über die Wiesen und Felder. Ich versuchte den Weg zurück zu finden. Ich wollte die Anderen finden, wollte ihnen zeigen wie ich flog, wie ich leuchtete – wollte sie an meinen Farben teilhaben lassen. Ich wollte ihnen erzählen wie es mir ergangen ist, was ich erlebt hatte, was ich gelernt hatte und ihnen Mut machen. Denn ich wusste nun wie man fliegt. Und wenn ich das geschafft hatte, dann konnte das den Anderen vermutlich auch gelingen.

Doch erstmal musste ich den Weg finden. Von hier oben sah alles ganz anders aus. Das war aber nicht der einzige Grund, weshalb ich mich verirrt hatte. Ich war so sehr damit beschäftigt zu fliegen, zu sehr darauf konzentriert, dass ich nicht zu Boden fiel, dass ich nicht darauf geachtet hatte, wohin ich eigentlich flog.

»Wozu die Eile?« beruhigte ich mich. Niemand wartete auf mich. Ich war niemandem verpflichtet. Und doch: ich konnte fliegen!

Ich, der ich mich nie als dazugehörig empfand; ich, der ich immer das Gefühl hatte, nicht ernst genommen zu werden; ich, dem immer das Gefühl vermittelt wurde, meine Wünsche, meine Gedanken, meine Empfindungen wären unangebracht.

»Warte mal!« sagte ich mir, als mir bewusst wurde, dass diese Überlegungen daher kamen, dass die Abfolge von Kritik und Selbstkritik eine machtvolle Spur in meinem Kopf hinterlassen hatte. Damit war ich wohl noch nicht fertig. Auch in dieser Hinsicht musste ich wohl noch lernen zu fliegen.

7

Hoch in die Lüfte flatterte ich, ließ mich dann mit weit ausgebreiteten Flügeln treiben, flog nach links, dann nach rechts, drehte mich um meine eigene Achse: das machte Spaß! Ich flog tiefer, zog Schleifen zwischen den Blumenblüten. Freudengefühle brodelten in mir auf und schienen bald meinen ganzen Körper zu füllen. »Hurra!«

Hatte ich das tatsächlich gerufen? Ich setzte mich auf ein Blumenblatt und sah mich um.

Hatte mich jemand gehört?

Hatte jemand gesehen wie ich herumspielte?

»Ernsthaft,« ermahnte ich mich. »Schäme ich mich tatsächlich dafür, dass ich mich gerade gefreut habe? Mache ich mir tatsächlich Gedanken darüber was Andere darüber denken könnten? Und wenn jemand schlecht über mich denken sollte: sollte ich mir gerade dessen Urteil zu Herzen nehmen?«

»Ich darf das!« deklarierte ich trotzig und flatterte besonders hoch, ließ mich steil nach unten fallen und schlug dabei wilde Haken. Ich wollte mir das nicht mehr kaputt denken – wollte mich nicht mehr von meinen eigenen Selbstzweifeln fesseln lassen.

Ich hatte noch Mühe damit, mir selbst zu glauben, dass ich mich nicht für meine Gefühle zu schämen brauchte. Da lag noch einiges an Arbeit vor mir. Aber es würde sich auch lohnen diese Belange ernsthaft anzugehen.

8

Plötzlich sah ich eine Bewegung am Boden und flog neugierig näher. Hatte ich mich getäuscht? Tatsächlich schlängelte sich dort etwas am feuchten, aufgeweichten Untergrund. Die Lage schien mir nicht bedrohlich. Dennoch nahm ich mir vor, sehr vorsichtig zu sein.

Ich fasste mir ein Herz und sprach die Kreatur an: »Hallo, wer bist denn du?« wollte ich wissen »und weshalb kriechst du am Boden?«

Die Kreatur sah mich einen Moment schweigend an. Der Blick wirkte genervt – so als habe ich sie bei etwas Wichtigem unterbrochen. Das Schweigen dauerte noch eine Weile an. Doch dann antwortete die Kreatur in langsamen, gedehnten Worten:

»Ich habe verschiedene Namen. Manche nennen mich 'Lumbricidae' andere 'Yer solucanı' wieder andere 'Ver de terre', 'Earthworm' oder auch 'Regenwurm'. Wichtiger aber: ich bin ich.«

Das war zwar eine wortreiche Reaktion, aber meine Frage beantwortete sie dennoch nicht. Sprach mein Gegenüber absichtlich so ausweichend?

»In Ordnung.« sagte ich, wollte mich aber noch nicht damit zufriedengeben. »Wie soll ich dich nennen und was tust Du dort am Boden?« wollte ich wissen.

»Ich tue das, was ich am besten kann, was am ehesten meiner Art entspricht und was mir gut tut.«

Ich war noch nicht zufrieden und versuchte es anders: »Ich freue mich für dich, dass du so mit dir selbst im Reinen bist, aber was genau meinst du damit?«

Wieder wurde ich lange schweigend angesehen. Sollte ich meinen Weg fortsetzen? Es schien mir, als wolle mir mein Gegenüber keine Antwort geben, mit der ich etwas anzufangen wusste.

Ich wollte gerade wieder auffliegen als ich eine Antwort auf eine Frage bekam, die ich nicht gestellt hatte:

»Kennst Du das Stück 'Der Dobermann im Hühnerstall'?«

Noch bevor ich antworten konnte, setzte der Regenwurm seine Rede fort:

»Das ist eine Parabel in Form einer imaginären Aufführung. Dabei können die Charaktere durchaus variieren, aber ich empfinde es so am Trefflichsten.

Das Huhn ist ein Lebewesen, das im Laufe von Evolution und Züchtung in eine Situation kam, in der es sich keine Gedanken um die tägliche Ernährung machen muss. Der Preis hierfür ist Unfreiheit, Unterordnung und letztlich gar der Tod.

Das Huhn ist dafür bekannt sehr schreckhaft zu sein. Damit ist es besonders geeignet, um beim Zuschauer Sympathien zu wecken – gerade wenn es plötzlich im eigenen Wohnbereich und im Beisein seiner Familie zum Jagdopfer wird.

Gerade diese Identifikation des Zuschauers mit dem Opfer macht den Blick auf den Zuschauer interessant.

Während der Dobermann durch den Hühnerstall wütet, flüchten nicht bloß die Hühner, sondern auch die Zuschauer empfinden die Bedrohlichkeit des Sets, starren wie gebannt auf das Geschehen, weil ihnen gerade ein Licht aufgeht, wie oft sie sich in anderen Lebenssituationen ebenfalls unfreiwillig in der Hühnerrolle befinden.«

Ich schluckte: »Jetzt hast du aber noch nichts zur Rolle des Dobermann gesagt. Was verkörpert er in dem Stück?«

Der Wurm sah mich an. »Dann denk doch mal nach: es ist unklar, weshalb er eigentlich in den Hühnerstall kam. Hat er vielleicht etwas gehört, etwas gerochen? Wurde er geschickt, oder kam er aus eigenem Antrieb in den Hühnerstall? Jedenfalls ist er in dem Stall und stürmt sofort auf die Hühner los.

Die Hühner haben ihm nichts zuleide getan und es geht ihm auch nicht um Ernährung. Trotzdem jagt er die Hühner und, sobald er eines zwischen die Zähne bekommt, beißt er es tot.«

Die Szene beängstigte mich. »Wie kannst Du ausschließen, dass es dabei um Ernährung geht?« wollte ich einwenden.

»Ebenso wie das Huhn ist der Dobermann in einer langen Reihe von evolutionären Veränderungen und züchterischen Anpassungen in eine Situation gekommen, dass er sich sein Essen nicht selbst fangen muss – anders als sein Vorfahr der Wolf. Er ist ein großer muskulöser Hund, der gezüchtet wurde zum Jagen. Wahrscheinlich weiß er nicht einmal weshalb er auf die Hühner losstürmt. Er wurde gezüchtet, um flüchtende Tiere fangen und tot beißen zu können. Das hat nichts mit Ernährung zu tun, sondern mit der Anpassung an den Willen Anderer.«

Ich wollte dem widersprechen: »Bedeutet das nicht, dass der Dobermann die Hühner nicht jagen würde, wenn diese nicht flüchten würden?«

Sichtlich unwillig entgegnete der Wurm: »Finde ein Huhn, das nicht vor einem großen Hund flüchtet; und wir finden es gemeinsam heraus. Du hältst mich von der Arbeit ab. Bis dann.«

Trotz seines Unwillens mir geradeheraus zu antworten, hatte mir der Wurm einige interessante Gedanken und Gefühle mit auf meinen Weg gegeben. Was hatte er wohl erlebt? So ausweichend wie er antwortete – und als er etwas sagte, das ihn emotional sehr zu berühren schien, verpackte er es in diese Parabel mit den Hühnern und dem Dobermann.

Scheinbar wollte er gerne etwas so betrachten und so darstellen, als hätte es nichts mit ihm persönlich zu tun. Vielleicht wollte er auch selbst daran glauben. Und dann dieser abrupte Abbruch der Unterhaltung! Ob er es nun zugeben wollte, oder nicht: dieser Wurm hatte emotional eine große Last zu tragen und versuchte den Spagat darüber zu reden und zeitgleich nicht darüber zu reden.

Irgendwie tat mir der Wurm sehr leid. Ich hoffte, dass es ihm gelingen würde seine Probleme aufzuarbeiten und zu seinen Gefühlen zu stehen.

Hätte ich ihm dabei helfen können?

Doch erstmal musste ich den Weg finden. Von hier oben sah alles ganz anders aus. Ich war so sehr damit beschäftigt zu fliegen, zu sehr darauf konzentriert, dass ich nicht zu Boden fiel, dass ich nicht darauf geachtet hatte, wohin ich eigentlich flog.

9

Tief in Gedanken versunken flatterte ich über die Wiesen und merkte kaum wohin ich flog, nahm kaum die Farben der Blumen wahr, roch nicht ihren Duft, spürte kaum die Wärme der Sonnenstrahlen auf meinen bunten Flügeln.

»Wo bin ich eigentlich,« fragte ich mich.

Tatsächlich hatte ich keine Ahnung wie lange ich so vor mich hingeflogen war. Ich hatte keine Idee wo ich mich befand und welchen Weg ich nehmen sollte.

Langsam näherte sich die Sonne dem Horizont und tauchte die Wiesen in ein rötliches Licht, als ich an einen Bach kam, der sich im Laufe der Zeit eine schlängelnde Spur in den Erdboden gespült hatte.

Den Bach kannte ich nicht. »Aber irgendwo muss der Bach ja hinfließen,« dachte ich mir. Also folgte ich dem Bachlauf und hoffte so auf einen Orientierungspunkt zu stoßen.

Eigentlich wusste ich nicht genau wonach ich suchen sollte: ein besonderer Baum, bekannte Gräser oder Blumen, eine Wegkreuzung?

10

Bald bemerkte ich aufgeregtes Rufen: ich solle umkehren, es herrsche Lebensgefahr. Mir war ein wenig mulmig zumute, als ich meinen Weg fortsetzte, aber ich wollte nicht umkehren. Wenn ich an dem Bachlauf blieb, würde ich sicherlich irgendwann an eine Stelle gelangen, die mir bekannt war – so hoffte ich.

Tatsächlich machte ich mir Sorgen: ich wusste nicht wo ich war. Deshalb hatte ich auch keine Vorstellung wie weit mein Weg noch sein würde. Und die Sonne ging langsam und unaufhaltsam unter. Bald schon würde ich ihre wärmenden Strahlen nicht mehr spüren. Stattdessen würden die Wiesen feucht werden. Und bei Nacht und ohne Sicht konnte ich nicht fliegen. Wo sollte ich übernachten? Ich musste den Weg vorher zu Ende bringen, oder zumindest einen trockenen Platz für die Nacht finden. Krank werden: alleine und in der Fremde? Undenkbar. Und dann noch das Gerede von Lebensgefahr!

»Bloß nicht in Panik geraten,« versuchte ich mir Mut zu machen. Sicherheitshalber nahm ich mir aber vor, sehr vorsichtig zu sein und meine Umgebung besonders aufmerksam zu beobachten.

Dabei bemerkte ich, dass eine Kontur in der Nähe des Bachs erkennbar war. Sie gehörte zu einem Tier das fast reglos dasaß und die Landschaft betrachtete, stellte ich fest, als ich näher herankam. Was war das für ein Tier? So etwas hatte ich noch nie gesehen. Es war am ganzen Körper mit Fell bedeckt, hatte große Nagezähne und sein Schwanz erinnerte mich in seiner Form irgendwie an einen Flügel. »Sehr seltsam.«

»Hallo,« machte ich auf mich aufmerksam, »achte auf dich. Da vorne wurde ich gewarnt, hier bestehe Lebensgefahr.«

Ein breites Grinsen blickte mir entgegen. »Die meinen mich,« begrüßte mich der Andere. Ich war etwas verunsichert, denn gefährlich erschien mir das Tier eigentlich nicht.

»Wie meinst du das,« wollte ich wissen.

Herausfordernd sah mich mein Gegenüber an. »Wie lange hast du denn Zeit?«

Ich überlegte kurz und entgegnete: »Ich habe jetzt keine akuten Pläne für heute, muss mir aber noch ein Nachtlager suchen, bevor es endgültig dunkel wird.«

»Gut,« sagte der Andere, »siehst du dort die Rippen im Gelände?«

Ich blickte über die Wiese und konnte tatsächlich eine Art Geländekamm entdecken.

»Was ist damit,« wollte ich wissen.

»Wenn der Bach über die Ufer tritt, begrenzen diese Geländerippen den Lauf des Wassers.«

Das leuchtete ein. Dennoch begriff ich nicht, worauf er hinaus wollte.

»Wenn du dir das Gras genau anschaust, bemerkst du, dass es hier eine andere Farbe hat als dort drüben.«

Ich schaute in die Richtung in die er gedeutet hatte und stellte tatsächlich eine andere Farbe fest.

»Wenn das Gras hell und kärglich ist, deutet das einen steinigen Untergrund an, saftiges Grün weist darauf hin, dass das Gras dort tief wurzeln kann. Es ist wichtig für mich zu wissen wo sich das Wasser staut und wo es versickert,« ergänzte er seine Erklärungen.

Ich begriff noch immer nicht: »Wofür willst du wissen wie sich das Wasser verhalten würde, wenn es dort Wasser gäbe? Es gibt dort kein Wasser.«

Das fachmännisch blickende Gesicht wich wieder dem breiten Grinsen: »Das war mit Lebensgefahr gemeint. Ich werde hier den Bach stauen und dafür wird dort oben,« er deutete auf den Waldrand, »Holz abgetragen. Da fällt vielleicht auch der ein oder andere Baum, wenn ich das Holz brauche.«

»Du willst mich veralbern,« versuchte ich noch immer zu begreifen. »Im Gegenteil,« entgegnete er, »wir Biber legen viel Wert auf Beständigkeit, auf Sicherheit und auf Familie. Ich lebe mit drei Generationen: da habe ich viel Verantwortung.«

»Das ist schön,« bestätigte ich ihm, »aber was hat das jetzt mit dem Holz und mit dem Wasser zu tun?«

»Du hast keine Ahnung wie viel Mühe es kostet sicher zu leben und diese Sicherheit möglichst lange aufrecht zu erhalten, oder?«

Ich atmete tief durch und er setzte seinen Gedanken fort: »Ich habe mir die Bäume genau angesehen. Die wachsen dort schon lange ungestört. Ich hoffe, dass das auch noch eine Weile so bleibt. Wir Biber haben Feinde, die uns angreifen könnten, wenn ich nicht klug plane. Dazu gehört der Bau der Behausung und die Planung der direkten Umgegend. Die Tiere die ich meiner Familie vom Leib halten will, halte ich am besten mit Wasser auf Abstand. Dazu flute ich den Bereich um unser Zuhause. Gleichzeitig muss ich aber auch wissen, wie sich das Wasser dann verhält, damit ich es auch ablassen kann, wenn es zu hoch steigt. Ich muss aber auch wissen, wie ich hier die Ernährung meiner Familie sicherstellen kann, wie der Untergrund beschaffen ist, wie viel Arbeit mich die Anlage von Fress- und Fluchtröhren kostet. Und ich muss abschätzen wie viel meiner Anlage im Winter vereist, damit wir nicht in unserer eigenen

Anlage gefangen sind. Da darf ich nichts dem Zufall überlassen.«

»Dadurch machst du aber auch einen ganzen Abschnitt der Wiese kaputt und für viele Tiere unbewohnbar,« versuchte ich sinnvoll zu argumentieren.

»Das ist nicht ganz richtig,« entgegnete der Biber, »das Gras wird unter Wasser nicht wachsen, das stimmt. Dafür wachsen aber andere Pflanzen und es siedeln sich andere Tierarten im Wasser an. Aber ich merke schon, dass du dir das nicht so ganz vorstellen kannst. Komm mit und ich zeige dir unsere derzeitige Behausung.«

Ich hatte Bedenken: »so viel Wasser ist nun wirklich nichts für mich.«

»Würde die Anlage nicht langsam immer trockener werden, müsste ich keine neue planen und anlegen,« entkräftete der Biber meinen Einwand. »Sagtest du nicht, dass du ein Lager für die Nacht brauchst? Komm schon.«

Da hatte er Recht. Also folgte ich ihm durch die einbrechende Dunkelheit, auch wenn mir nicht ganz wohl war, denn ich konnte fast gar nichts mehr sehen.

11

Kurz darauf fand ich mich alleine in der Finsternis wieder. Den Biber konnte ich weder sehen noch hören. Ich wollte aber auch nicht zu laut rufen. Ohne etwas sehen zu können, fühlte ich mich zu hilflos möglichen Angreifern gegenüber.

Es kostete mich viel Mühe einen trockenen Unterschlupf für die Nacht zu finden. Schließlich konnte ich fast gar nichts mehr sehen. »Angst ist gut,« versuchte ich die Situation zu erfassen, »denn sie sorgt dafür, dass ich vorsichtig bin. Solange ich mich von meiner Furcht nicht lähmen lasse, ist sie mein Vorteil und hilft mir zu überleben.«

Mit vorsichtigen Schritten ging ich durch die Dunkelheit: das schien mir der sicherste Weg nicht zu stolpern und keine unnötigen Geräusche zu machen.

Schließlich fand ich einen Unterschlupf der mir für die Nacht ausreichend schien. »Wenn ich nichts mehr sehen kann, gilt das auch für mögliche Angreifer,« versuchte ich mich zu beruhigen. Sicher schien es mir trotzdem nicht.

Es war eine lange Nacht in der ich immer wieder aus dem Halbschlaf hochfuhr. Immer wieder träumte ich von Tieren, die versuchten mich zu fressen.

Dann träumte ich, dass ich aufwachte und mich nicht bewegen konnte. Ich spürte, dass etwas Übermächtiges, etwas Bedrohliches auf mich zukam. In meiner Furcht versuchte ich all meine Kraft auf diesen einen Ruck zu vereinigen, der mich aus meiner Starre befreien sollte. Tatsächlich gab es einen mächtigen Ruck mit dem ich mich selbst aus meinem Traum heraus holte.

Dann hatte ich lange Angst wieder einzuschlafen. Es dauerte lange, bis ich mich ein wenig beruhigt hatte und erschöpft wieder einschlief. Und so fühlte ich mich noch reichlich erschöpft, als am nächsten Tag endlich wieder die Sonne aufging.

»Was für ein Typ,« dachte über meine Begegnung mit dem Biber nach, »lässt der mich einfach alleine auf der finsteren Wiese stehen. Der ist auf mehr als eine Art eine Lebensgefahr.«

»Das ist nicht ganz richtig,« entgegnete der Biber, »das Gras wird unter Wasser nicht wachsen, das stimmt. Dafür wachsen aber andere Pflanzen und es siedeln sich andere Tierarten im Wasser an. Aber ich merke schon, dass du dir das nicht so ganz vorstellen kannst.

12

»Hey,« der Schrei riss mich aus meinen Überlegungen, »weg da. Ich war zuerst hier.«

Ich versuchte die Quelle des Geschreis zu finden und blickte in ein paar böse Augen.

»Setze dich nicht auf eines meiner Blätter. Mach dass du weg kommst. Lass meine Blumen in Ruhe: das sind meine Blumen.«

»Was willst Du von mir,« versuchte ich die Situation zu erfassen.

»Ihr Vögel setzt Euch überall hin, fresst uns die Insekten weg, zerreißt uns unsere Netze und nutzt unsere Wiesen als Toilette.«

»Ich bin ein Schmetterling, ich ernähre mich nicht von Insekten, zerreiße keine Netze –

außerdem hast Du gar kein Netz gebaut,«
versuchte ich einzuwenden.

»Bist Du etwa ein Vogelfreund,« unterbrach mich
der Andere barsch.

»Eigentlich kenne ich keinen Vogel. Aber die
wollen bestimmt auch bloß überleben und
Familien gründen.«

»Kommt alle her,« schrie der Andere wieder, »wir
haben hier einen Vogelfreund. Kommt, den
machen wir fertig.«

Ich wartete nicht ab was nun passieren würde,
sondern beeilte mich die Wiese hinter mir zu
lassen. Ich wollte weder mit diesem Wesen etwas
zu tun haben, noch mit jemandem der mit ihm
befreundet war. Wie konnte man bloß so
aggressiv sein? Und auch noch die Zerstörung
von Netzen anklagen, die man nicht einmal
gebaut hatte. Nein, mit so jemandem wollte ich

auf keinen Fall etwas zu tun haben. Wie schnell und grundlos dieses Lebewesen zu Gewalt aufrief.

»Puh,« entfuhr es mir.

Es dauerte eine ganze Weile bis ich wieder die Sonne und den Duft der Blumen wahrnahm, so sehr hatte dieses Wesen und seine geballte Negativität meine Stimmung angeknackst.

13

Ein bedrohlich wirkendes Brummen riss mich aus meinen Gedanken. Ich sah mich um, konnte aber zunächst nichts entdecken. Es roch nach feuchtem Gras, aber die Sonne hatte bereits wieder ihre wärmenden Strahlen nach den Pflanzen ausgestreckt.

Ich ließ meinen Blick über ein paar Blumenblüten streifen. Und dann sah ich es: böse funkelte mich ein Augenpaar an und ich musste meinen ganzen Mut zusammennehmen um nicht zu flüchten.

Das Brummen wurde lauter und bedrohlicher als ich zu einem Blatt flatterte und dort Platz nahm.

»Ich werde Dir nichts tun,« versicherte ich, um die Lage zu entspannen. Und tatsächlich prustete es mir »wie denn auch« entgegen.

»Na dann sind wir uns ja in diesem Punkt einig,«
versuchte ich meine eigenen Bedenken zu
überspielen und wunderte mich über den
trotzigen Klang meiner eigenen Stimme.

Mein Gegenüber kam nun neugierig
herangeflogen und nahm, mir gegenüber, auf
dem Blatt Platz.

»Wer bist Du eigentlich,« wurde ich gefragt. Ich
erzählte wer ich war, wie ich Fliegen lernte und
mit welchen Selbstzweifeln ich zu kämpfen hatte,
während die Aggression im Blick meines
Gegenübers immer mehr schwand.

Was war eigentlich los mit mir? Ich war zwar ein
guter Zuhörer, aber redete selbst gewöhnlich
nicht viel. Und nun sprudelte es aus mir heraus
wie aus einer Quelle. Vielleicht weil ich mir selbst
meine Angst und meine Bedenken verboten hatte
und ich nun ohnehin am Reden war? Das musste

es wohl sein – eine andere Erklärung hatte ich nicht. Außerdem tat es irgendwie auch gut über meine Gefühle zu reden und dabei zu spüren, dass ich gerade mutiger war, als ich es mir je zugetraut hätte...

Nachdem ich zu Ende erzählt hatte, erwiderte mein Gegenüber: »Mit Selbstzweifeln musst du aufpassen. Die können dich auffressen. Nimm uns Wespen als Beispiel,« seufzte mein Gegenüber, »unser ganzes Leben haben wir der Herstellung und Wahrung des Gleichgewichts gewidmet. Wir fliegen von Blume zu Blume und sorgen so mit dafür, dass es in jedem Jahr wieder neue Blumen gibt, denn davon hängt das Leben vieler anderer Tierarten ab. Wenn irgendwo ein totes Tier liegen bleibt, sorgen wir mit dafür, dass dessen Überreste entsorgt werden, denn totes Fleisch sorgt für Krankheiten, wenn es zu lange herumliegt. Wir töten und essen Tiere, die andernfalls schwere Krankheiten verbreiten würden. Ohne uns wäre die Natur aus dem Gleichgewicht. Und trotzdem mag uns niemand.«

»Das liegt auch daran, dass ihr immer so böse tut,« gab ich zu bedenken.

»Weshalb gebt ihr euch immer so aggressiv?«

»Selbsterhaltungstrieb,« entgegnete die Wespe. »Die Aggression bewahrt uns vor Depressionen. Denk dir: egal was wir tun, egal wo wir hinfliegen – niemand mag uns. Wir Wespen sind stark, nützlich und wir sind viele. Trotz allem was wir tun, kann uns niemand leiden. Selbst wenn wir zu einer Feier fliegen und alle Teilnehmer sind gut gelaunt, werden sie sofort sauer sobald sie uns sehen und wollen uns nicht dabeihaben. Viele schlagen sogar nach uns.«

Ich wollte eine Brücke bauen: »Vielleicht würden euch die Anderen mehr mögen, wenn ihr euch nicht immer so aufspielen würdet.«

»Ach,« entgegnete die Wespe mürrisch, »was war zuerst da: das Huhn oder die Henne?«

Unfreiwillig hatte mich die Wespe an das Gleichnis des Regenwurms erinnert, in dem der Dobermann in den Hühnerstall stürmt.

»Ich habe viele Wespen gekannt, die sich das so zu Herzen genommen haben, dass sie sich bei der nächstbesten Feier in irgendeiner Flüssigkeit ersäuft haben,« erzählte die Wespe, »und bevor es mir ebenso geht, steigere ich mich lieber in meine Aggression hinein. Die hilft mir vor Depressionen und sorgt dafür, dass mich Andere einfach in Frieden lassen.«

Das gefiel mir nicht, aber zumindest hatte diese Wespe einen Weg gefunden mit sich selbst zu Leben. Und vielleicht hatte sie sogar Recht: vielleicht musste man als Wespe so denken, um nicht von Selbstzweifeln zerfressen zu werden.

»Ich möchte dich gerne um Entschuldigung bitten,« sagte ich zu der Wespe, »ich habe vorhin nicht dich gesehen, sondern nur an all das gedacht, was ich von euch Wespen gehört habe. Das tut mir leid.«

»Worüber du dir alles Gedanken machst,« versuchte die Wespe abzuwiegeln, »vorhin haben wir uns noch nicht gekannt. Da ist es normal erst einmal aus dem Überlebensmodus heraus zu handeln, zu sehen ob eine Situation bedrohlich ist oder nicht.«

»Das kann ich verstehen,« entgegnete ich, »ich war vorhin auch in einer seltsamen Stimmung – das hat sich wohl auf mein Verhalten ausgewirkt.« Ich erzählte von der Begegnung mit dem schreienden Lebewesen.

»Grundsätzlich habe ich ja nichts gegen Spinnen, die kein Netz bauen wollen,« sagte die Wespe als ich zu Ende erzählt hatte. »Wir können uns zwar noch wehren, wenn wir in ein Netz geraten sind, aber es ist trotzdem immer sehr anstrengend.«

»War das eine Spinne,« fragte ich nach.

»Ja,« erwiderte die Wespe, »Spinnen bauen Netze um darin ihre Nahrung zu fangen.«

»Nein, ein Netz hatte diese Spinne nicht gebaut,« wandte ich ein.

»So etwas gibt es leider nicht bloß bei Spinnen,« erklärte die Wespe, »Lebewesen die nichts auf die Reihe bringen und dafür Andere verantwortlich machen wollen, dass ihnen nichts gelingen kann, was sie gar nicht erst anfangen. Die glauben oft, dass es nicht auffällt, wenn sie laut genug schreien, dass sie selbst nichts tun und die Schuld dafür auf Andere schieben. Es lohnt sich auch nicht mit solchen Lebewesen zu reden, denn wer die Realität verschleiern will, wird aggressiv, sobald ihm jemand versucht den Spiegel vorzuhalten.«

»Sind denn alle Spinnen so seltsam,« wollte ich wissen.

»Nein,« antwortete die Wespe, »und so etwas gibt es leider nicht bloß bei denen. Wenn du so jemandem begegnest, kannst du eigentlich nur sehen, dass Du wegkommst – die vergiften mit ihrer Art jede Laune und jede Lebensfreude. Und das Leben ist manchmal schwierig genug – auch ohne so jemanden in deinem Umfeld.«

Da hatte die Wespe Recht: das hatte ich ja an mir selbst wahrgenommen, wie sehr mir die Begegnung mit der Spinne die Stimmung verhagelt hatte. Und das war zum Glück bloß eine kurze Begegnung.

»So,« wirkte die Wespe plötzlich ganz aufgeregt, »ich weiß wo herabgefallene Pflaumen liegen.«

Ich wunderte mich, »herabgefallene Pflaumen?«

»Ja,« entgegnete die Wespe, »die sind schon schön matschig.«

Es schüttelte mich bei der Vorstellung.

»Schon mal von matschigen Pflaumen gegessen,« fragte die Wespe, »wenn man davon isst, wird man fröhlich, berauscht und vergisst seine Sorgen. Komm mit: probiere es auch mal.«

Ich hatte Zweifel, dass das mit den matschigen Pflaumen eine gute Idee war, aber mittlerweile war ich doch neugierig geworden. Was hatte ich zu verlieren? Bloß ein wenig Zeit. Und Zeit hatte ich schon für wesentlich Unsinnigeres vergeudet, als für die Chance etwas Neues kennenzulernen.

14

Als wir gemeinsam zu dem Platz kamen, wo die gefallenen Pflaumen lagen, waren dort bereits viele Wespen versammelt. Ein seltsamer süßlicher Geruch lag in der Luft.

»Siehst Du,« wollte mein Begleiter wissen. Und tatsächlich waren die Wespen in einer Art Rauschzustand. Es war eine ausgelassene Stimmung und niemand wirkte bedrückt. Auch die Wespe mit der ich gekommen war stürzte sich voller Gier auf die matschigen Pflaumen und konnte bald schon nicht mehr richtig reden. Auch einige der anderen Wespen machten auf mich einen sehr seltsamen Eindruck.

Auch wenn die Wespen reichlich benommen waren, passten ihre Reden zu dem was mir die Wespe mit der ich gekommen war berichtet hatte. Insgesamt waren die Wespen deutlich redseliger als ich Wespen je erlebt hatte. Sie erzählten einander was sie den Tag über erlebt hatten, beklagten die Ablehnung die ihnen widerfahren war. Sprachen dann von ihrer Ehre und von ihrer Kraft.

Einige begannen nun ihre Kräfte zu messen. Und ich spürte wie die Stimmung immer angespannter wurde und Aggression in der Luft lag. Als gerade niemand nach mir sah, stahl ich mich davon.

Dies Vergnügen war nichts für mich. Außerdem wollte ich meine Sinne nicht zerstreuen, sondern sie beisammen halten. Meine Selbstzweifel waren in meinem Kopf entstanden, hatten sich in meinem Kopf verfestigt und mussten folglich in meinem Kopf bekämpft werden. Dazu brauchte ich meinen Verstand.

15

Ich spielte gerade mit dem Wind: widerstrebte ihm zunächst, ließ mich dann von ihm treiben. Plötzlich fiel mir eine seltsame Versammlung auf.

Als ich näher heranflog, sah ich viele unterschiedliche Tiere, die sich auf einem Platz versammelt hatten. Etwas entfernt, das konnte ich nun sehen, waren riesige Maschinen dabei, enorme Löcher in die Wiese zu reißen. Die Luft war erfüllt von Staub und ließ sich fast nicht atmen. Es kratzte im Hals und ich musste husten. Das Fliegen fiel mir schwer.

Ich wollte sowieso gerade etwas ausruhen, rechtfertigte ich mich vor mir selbst und ließ mich auf einer Blüte ganz in der Nähe nieder. Tatsächlich taten mir die Flügel weh, denn ich war noch keine großen Strecken gewohnt. »Immer Schritt für Schritt,« rief ich mir ins Gedächtnis,

»wer sich zu große Ziele steckt, kann nur zu Enttäuschungen kommen. Stück für Stück werden große Portionen bewältigt.«

Gerade erklomm ein schwarzer Käfer ein größeres Blatt, richtete sich selbstbewusst auf und begann zu sprechen:

»Hört mir mal zu. Wir alle, wie wir sind, haben uns hier heute getroffen, weil unsere Wiese zerstört werden soll. Und ich sage euch: ich finde das Scheiße. Heute schieben sie die Ameisen ab und zerstören ihren Lebensraum, morgen sind dann die Schnecken dran und nächste Woche muss dann das Bienennest dran glauben.«

Nach so wenig dieser Käfer auf den ersten Blick aussah, so sehr musste ich seine selbstbewusste, ehrliche und freundliche Art bewundern.

»Wir, die wir hier gemeinsam und in Frieden miteinander leben wollen,« sprach er weiter, »müssen uns auch gemeinsam miteinander wehren. Vielleicht können wir nichts ändern. Aber wir werden mit Sicherheit alles verlieren, wenn wir nur faul herum sitzen.«

Er befestigte ein Spruchband an dem Blatt auf dem er stand: »Wir tun was – mach auch Du mit.«

Dann sagte er: »Also stehen wir gemeinsam gegen die Zerstörung unserer Wiese auf und lassen uns nicht länger zu Opfern machen.«

Ein lautstarkes, melodisches Summen setzte ein und überall um mich herum begann es zu summen und zu singen:

»(…) Wenn wir ohne Hoffnung leben, scheint die Zukunft schwer zu sein; wenn wir mehr gemeinsam machen, kehrt die Hoffnung wieder ein (…).«

Wahnsinn wie viele Tiere unterschiedlichster Art zusammengekommen waren. Sie alle wollten ihr Gesicht zeigen, summen und singen: zeigen, dass sie die Zerstörung nicht einfach hinnehmen wollten.

»(...) Drum wolln wir uns jetzt erheben, etwas bessres wird entstehn; wenn wir all gemeinsam ringen, auch mal neue Wege gehn (…),« sang ich aus tiefstem Herzen mit, »Macht doch endlich Feierabend, denn wir wolln Euch hier nicht sehn.«

Und tatsächlich stoppten die Maschinen. Statt weitere Löcher in die Wiese zu reißen, wurden jetzt sogar die Motoren abgeschaltet und die Maschinen wurden stehen gelassen.

»Das war es für heute,« sagte der schwarze Käfer, »aber die kommen nach dem Wochenende wieder. Wir treffen uns alle am Montag, um die gleiche Zeit, wieder hier. Bringt alle eure Freunde mit, denn wir müssen jetzt alle zusammenhalten.«

Langsam löste sich die Versammlung wieder auf. Es bildeten sich Grüppchen, die angeregt miteinander sprachen und alle dieses seltsame Leuchten in den Augen hatten, als hätten sie lange nichts mehr gesehen, woran sie sich hätten erfreuen können und nun endlich das Gefühl hatten dem nicht mehr tatenlos zusehen zu müssen. Vielleicht sah ich aber auch zu viel und sie freuten sich aus einem ganz anderen Grund.

16

Ich flatterte hinüber zu dem Blatt, wo der Käfer gerade sein Spruchband wieder zusammenrollte.

»Hallo,« sagte ich zu dem Käfer, »ich finde das richtig toll, was du da eben gemacht hast.«

Er schaute mich aus offenen, freundlichen Augen an. »Es ist doch auch so,« sagte er, »wenn wir nicht alle zusammenhalten und alle miteinander etwas tun, dann geht alles kaputt. Dann wird alles zerstört.«

Damit hatte er Recht, auch wenn ich das so noch nie wahrgenommen hatte.

Er drückte mir sein Spruchband in die Hand, kletterte von dem Blatt herunter und ging. Ich begriff, dass das Spruchband in meinen Händen die unausgesprochene Einladung war, ihn zu begleiten. So schwebte ich zu Boden und ging neben ihm her.

Wir gingen zwischen den duftenden Pflanzen der Blumenwiese und immer wieder blieb der Käfer kurz stehen, um den Duft genüsslich in sich aufzusaugen. Ich hatte noch nie erlebt, dass jemand derart bewusst die Segnungen der Natur genoss. Aber ich empfand das als richtig und beschloss, künftig viel mehr auf das zu achten, was mich umgab: nichts unbemerkt zu lassen, was die Natur an Schönheit bereithielt. Unterwegs sammelte ich ein paar Pollen und nahm sie mit zu ihm nach Hause.

Dort fand ich alles sehr gemütlich hergerichtet vor. Die liebevoll angerichteten Accessoires gaben seiner Behausung eine sehr exotische Ausstrahlung. Schnell waren wir beim Genuss der Pollen in ein angenehmes Gespräch vertieft. Ich sah den Käfer genau an, blickte in seine ehrlichen

Augen, spürte seine herzliche Art und wusste plötzlich, dass ich ihm vertrauen konnte.

Während er mich aufmerksam ansah, erzählte ich ihm von meiner seltsamen Verwandlung und von meinen Selbstzweifeln, aber auch davon, wie die Anderen mich behandelt hatten, als ich noch eine Raupe war.

Er hörte mir aufmerksam zu und wartete geduldig bis ich zu Ende erzählt hatte.

»Weißt du, mein Freund,« sagte er. Ich freute mich über diese Bezeichnung. Denn mit diesem Käfer wollte ich tatsächlich sehr gerne befreundet sein. Er war etwas ganz Besonderes.

»Mutter Natur hat mir eine wichtige, eine ganz besondere Aufgabe für mein Leben mitgegeben. Meine Aufgabe ist aber auch eine Aufgabe, bei der ich nicht mit allen anderen Tieren wetteifern muss. Es ist doch schön, wenn die anderen Tiere in mir keine Bedrohung sehen, sondern mich so leben lassen wie ich bin. Ob sie meine Handlungen begreifen, ist wieder eine andere Sache.« So hatte ich das noch nie gesehen.

»Sie haben vor mir keine Angst. Und das ist doch auch gut so,« fuhr er fort, »ich muss mir keine Gedanken machen, wenn nicht jeder gleich sieht, dass sich alle Farben des Regenbogens auf meinem Rücken finden, sobald die Sonne darauf scheint. Das ist doch deren Problem, wenn sie das Schöne in der Welt nicht sehen und das Leben nicht so genießen können wie es ist. Dabei kann ich ihnen nicht helfen. Ich kann zu ihnen etwas sagen. Das können sie glauben, oder sie können es nicht glauben. Und ich mag mich auch nicht mit Leuten umgeben, die das Schöne im Leben nicht genießen können.« Er hatte Recht.

»Wenn ein persönlicher Freund von mir – so wie du,« er nannte mich wieder seinen Freund: toll.

»Wenn dieser Freund sich beispielsweise die Mühe macht, Pollen zu sammeln, damit wir sie dann gemeinsam genießen können, dann ist das doch toll. Das ist etwas Persönliches: etwas das du getan hast, damit wir beide eine gute Zeit haben. Da müsste ich doch ausgesprochen dumm sein, wenn ich das nicht sehen und mich daran erfreuen würde, sondern denjenigen mehr Wert beimessen würde, die mich verächtlich einen 'Mistkäfer' nennen.«

Ich merkte, dass ich ihm nicht bloß vertrauen konnte, sondern dass ich von ihm sogar sehr viel lernen konnte. Wie etwas Heiliges hielt er eine Polle in den Händen.

»Sieh Dir das an,« sagte er, »wie viel Kraft hat die Sonne in diese Polle gepackt, mit wie viel Liebe hat die Blume diese Polle ausgebildet, wie viel Unterstützung hat Mutter Natur durch Regen und durch die Nährstoffe im Boden beigesteuert. Und das alles dafür, dass wir das heute genießen können. Das Leben ist schön. Ich liebe das Leben und das Leben liebt mich. Ein Hoch auf das Leben.«

Ich beneidete den Käfer: er hatte es geschafft sich den Sinn für das Schöne und für das Gute zu bewahren. So wollte ich auch gerne sein. Wozu auch die kostbare Zeit des Lebens damit vergeuden, dass ich mich immer bloß auf die negativen Aspekte konzentrierte? Es gab doch so viele angenehme und schöne Dinge im Leben.

»Mutter Natur hat mir eine wichtige, eine ganz besondere Aufgabe für mein Leben mitgegeben. Meine Aufgabe ist aber auch eine Aufgabe, bei der ich nicht mit allen anderen Tieren wetteifern muss. Es ist doch schön, wenn die anderen Tiere in mir keine Bedrohung sehen, sondern mich so leben lassen wie ich bin.

17

Als ich an diesem Abend ging, nahm ich mir fest vor, meinen Freund den Käfer von nun an noch oft zu besuchen. Ich fühlte mich besser durch meinen Besuch als zuvor, denn ich hatte eine gute Zeit mit dem Käfer erlebt und dabei einiges gelernt. Er hatte so eine angenehme Art, dass ich mich durch seine Anwesenheit irgendwie bereichert fühlte.

Aber ich musste zunächst den Weg nach Hause finden. Noch wichtiger: ich musste einen trockenen Schlafplatz finden.

Nach einer Weile fand ich Unterschlupf in einem hohlen Baum: das war nicht perfekt, aber solange es nicht regnete, war es ausreichend.

Noch lange lag ich wach und immer wieder kam mir der Gesang der Tiere in den Sinn. Weshalb hatte ich nicht einfach den Käfer nach einem Nachtlager gefragt? Sicherlich hätte er sich nicht lange bitten lassen. Ich nahm mir vor, mich künftig nicht mehr selbst so sehr zu beschränken: wer sagt was er braucht, dem kann auch gewährt werden, was er braucht. Wer den Mund hält, der nimmt dem Anderen die Möglichkeit auf die Bedürfnisse einzugehen.

18

Ich flog über die Wiesen und Felder. Ich versuchte den Weg zurück zu finden. Ich wollte die Anderen finden, wollte ihnen zeigen wie ich flog und wie meine Flügel leuchteten – ich wollte sie an meinen Farben teilhaben lassen. Ich wollte ihnen erzählen wie es mir ergangen war, was ich erlebt hatte, was ich gelernt hatte und ihnen Mut machen. Denn ich wusste nun wie man fliegt. Ich hatte gelernt, dass man denken und fühlen kann, ohne unglücklich zu werden. Ich hatte gelernt, dass man nur akzeptiert werden kann, wenn man sich offen und ehrlich zeigt – unmaskiert.

»Was ist, wenn ich den Weg zurück nicht finde,« beschlichen mich wieder Zweifel. Und tatsächlich hatte ich das Gefühl, schon viel zu lange unterwegs zu sein. Ich hätte doch längst ein bekanntes Feld sehen müssen, eine Blumenwiese vielleicht die ich kannte. Vielleicht war ich längst vorbeigeflogen.

»Wie lange soll ich noch in dieser Richtung suchen,« fragte ich mich selbst, zwang mich aber die Zweifel abzuschütteln.

»Ich bin auf meinem Weg. Mein Weg ist der richtige Weg für mich. Und so lange ich brauche, brauche ich eben,« versuchte ich mir selbst Mut zu machen. Ich widmete meine Aufmerksamkeit wieder der Natur, durch die ich flog und bald schon war mir wieder froh zumute.

Ich atmete tief die duftende Luft ein. Das fühlte sich gut an – als würde ich reines Leben atmen. Blumen waren so toll: sie rochen gut, sie sahen schön aus, sie...

Und plötzlich sah ich sie direkt vor mir!

Eine Ratte saß in der Wiese und blickte mich direkt an. Keine Hoffnung, dass sie mich nicht gesehen hätte. In meinem Kopf überschlugen sich die Gedanken, peitschten Erinnerungen auf mich ein. Was hatte ich schon alles von diesen Tieren gehört: von ihrer Klugheit, ihrem unbändigen Lebenswillen, von ihrer ausgesprochenen Empathie Situationen blitzschnell abzuschätzen...

»Bist du jetzt fertig mit deiner Panik,« sagte die Ratte. Das war ja schon beinahe wie Gedanken lesen.

»Drei Hinweise zur Beruhigung,« sagte die Ratte, »zum Ersten bin ich satt, zum Zweiten könnte ich mit einem Schmetterling sowieso meinen Hunger nicht stillen und bedroht fühle ich mich von dir auch nicht. Du kannst also aufatmen.«

»Puh,« entfuhr es mir.

»Und was esst ihr Ratten stattdessen,« versuchte ich Zeit zu gewinnen um abzuschätzen was hier gerade geschah.

Ich fühlte mich reichlich überfordert mit der Situation.

Als hätte sie direkt in meinen Kopf gesehen, nahm die Ratte eine entspannte Haltung an, die weit weniger Bedrohlich auf mich wirkte.

»Das kommt darauf an,« sagte die Ratte, »grundsätzlich bevorzugen wir Ratten Früchte, können uns aber wenn es die Situation erfordert von fast allem ernähren. Unsere Natur ist es zu überleben. Das können wir gut und das ist es, worauf sich alles im Leben von uns Ratten bezieht.«

»Du meinst so wie sich viele Tiere ihrer Umgebung anpassen um nicht so leicht gesehen zu werden,« wollte ich wissen.

»Nicht bloß das,« entgegnete die Ratte, »wir können beispielsweise sehr schnell gegen alle Arten von Giften immun werden, wir haben Sozialstrukturen entwickelt die unser Überleben sichern, wir können uns innerhalb kürzester Zeit orientieren. Unsere Art hat sich derart auf das Überleben spezialisiert, dass uns fast nichts passieren kann. Und selbst wenn ein Tier stirbt, lernt das nächste aus dessen Tod, Gefahren noch besser abschätzen zu können und darauf zu reagieren. Das ist übrigens etwas das ich bei euch Schmetterlingen nicht begreife.«

»Was begreifst du nicht,« wollte ich wissen.

»Weshalb ihr einer Überlebensstrategie folgt und dann eine vollkommen andere Überlebens- strategie annehmt.«

Ich wusste nicht was sie meinte.

»Zum Beginn eures Lebens krabbelt ihr auf Pflanzen herum, von denen ihr euch ernährt, habt euch auch farblich an eure Umgebung angepasst. Und diese Tarnung sichert euer Überleben.

Dann aber macht ihr das genaue Gegenteil: eure bunten Farben können nicht übersehen werden und signalisieren, dass ihr giftig wärt. Gleichzeitig tragt ihr so viele bunte Farben, dass eventuelle Angreifer verwirrt sind und nicht genau abschätzen können, mit wie vielen Tieren sie es eigentlich zu tun haben, wo eure Körper anfangen und wo sie enden. Und dann haben viele noch Augen auf ihren Flügeln abgebildet, die über eure tatsächliche Größe hinwegtäuschen sollen.

Das ist das genaue Gegenteil der Über-lebensstrategie einer Raupe. Und ich begreife einfach nicht, weshalb dasselbe Tier zwei entgegengesetzte Überlebensstrategien nutzt, anstatt dass es sich für eine entscheidet und die perfektioniert.«

»So habe ich darüber noch nie gedacht,« räumte ich ein, »eigentlich fand ich die Farben nur schön und war froh, dass ich sie plötzlich hatte.«

Die Ratte sah mich verständnislos an, »Mein Schwanz dient mir das Gleichgewicht zu halten, ich kann ihn auch nutzen um mich an etwas festzuhalten, er dient mir um meine Körpertemperatur zu regulieren und ist eine hervorragende Waffe, wenn ich mich verteidigen muss. Aber ob ich meinen Schwanz als schön empfinde, darüber habe ich noch nie nach-gedacht.«

»Ich war eine Raupe,« versuchte ich zu erklären, »und ich fühlte mich angreifbar, weil ich mir selbst nicht gefiel. Ich habe alles getan was mir einfiel, um anderen zu gefallen, habe mich so gut ich konnte angepasst und versucht das zu erfüllen, was ich glaubte, das andere von mir erwarteten.«

Die Ratte sah mich an als hätte ich gerade etwas völlig Unsinniges gesagt.

»Du hast Dich selbst angepasst, um so zu sein wie du glaubtest, dass andere dich haben wollten? Ich bin nicht sicher ob das Selbstverleugnung ist, oder Selbstverachtung, oder sogar beides. Aber das ist auf jeden Fall nichts, was das Überleben erleichtert. Wie willst du denn so dir und den anderen deiner Art eine Hilfe im Überleben sein? Ich meine: ihr Schmetterlinge arbeitet ja sowieso nicht als Einheit. Aber so kann das ja auch nichts werden.«

»Vielleicht,« gab ich zu bedenken, »geht es ja genau darum: wir passen uns am Anfang unseres Lebens an, um von den Erfahrungen unserer Eltern lernen zu können und sind dann durch unsere körperliche Veränderung gezwungen, auch über alles andere nachzudenken und selbst herauszufinden, was uns wichtig ist, wie wir sein wollen, wie wir mit unserem Leben zurechtkommen. Vielleicht will uns die Natur auf diese Art dazu zwingen uns als einzelne Tiere, aber auch als Art, weiter zu entwickeln. Auch rein äußerlich ist es ja so, dass wir uns nicht mehr anpassen und tarnen, sondern dass wir lernen müssen uns auf ganz andere Art selbst zu behaupten. Wir sind gezwungen uns in einer ganz anderen Lebenssituation zurecht zu finden. Wir müssen alles hinter uns lassen was uns früher als Sicherheit galt. Das ist eine enorme Umstellung, aber es ist auch die Chance alles aus einer ganz anderen Perspektive zu sehen. Dazu gehören auch die bunten Farben und die vorgetäuschten Augen auf den Flügeln: wir bedienen uns quasi der Vorurteile, die andere Tiere haben, wenn sie unser Äußeres sehen. Wir versuchen zum Teil abzuschrecken zum Teil zu imponieren, weil wir uns selbst unsicher fühlen.«

»Ich bin mir nicht sicher ob ich das verstehen kann,« sagte die Ratte, »aber ich will es versuchen. Ich weiß auch nicht ob ich nachvollziehen kann, was Dir der Begriff Schönheit bedeutet, aber ich denke, dass ich darüber noch eine Weile nachdenken werde. Nun ist es aber Zeit, dass Du deinen Weg fortsetzt. Wenn die anderen Ratten von der Nahrungssuche zurückkommen, solltest Du vielleicht nicht mehr hier sein. Falls die nichts gefunden haben, könnte das schlecht für dich ausgehen.«

Die Ratte hatte Recht: vermutlich würden hungrige Ratten nicht darüber nachdenken ob sie an mir satt würden, sondern es einfach ausprobieren.

Schon bald war ich weit genug entfernt, dass ich die Ratte nicht mehr sehen konnte. Aber in meinen Gedanken wühlten noch die Eindrücke aus dem Gespräch, das wir geführt hatten.

Vielleicht war das gar nicht mal so schlecht, wenn das Überleben einen solch hohen Stellenwert einnahm. Ich glaubte auch nicht, dass Ratten so sehr mit Selbstzweifeln zu kämpfen hatten. Sie waren viel zu sehr damit beschäftigt zu überleben und alles was sie ausmachte zu nutzen, um dieses Weiterleben zu gewährleisten.

Ich bin auf meinem Weg. Mein Weg ist der richtige Weg für mich. Und so lange ich brauche, brauche ich eben,« versuchte ich mir selbst Mut zu machen.

19

Ich flog wieder über eine bunte Blumenwiese und freute mich über die vielen verschiedenen Düfte und Farben. Ich genoss die wärmenden Sonnenstrahlen auf meinen bunten Flügeln. Überall um mich herum summte und brummte es noch. Es war ein tolles Gefühl bei diesem wundervollen Wetter über diese schöne Wiese zu fliegen, mir die Sonne auf den Körper scheinen zu lassen.

Ich dachte an meine Begegnung mit der Ratte und nahm das alles noch viel deutlicher wahr. Es war ein Gefühl der Freiheit und der Lebendigkeit. Ich wollte summen, ich wollte singen, ich wollte mein Leben genießen...

Dann sah ich sie! Die vor mir liegende Blumenwiese wimmelte geradezu vor Schmetterlingen. Manche saßen auf den Blüten.

Andere flatterten durch die Lüfte. Wieder andere ließen sich vom Wind treiben. Es war so überwältigend, dass ich mich erst einmal auf eine Blumenblüte setzen musste.

Ich nahm einen tiefen Atemzug und spürte den angenehmen Duft der Blume auf der ich saß: es roch unbeschreiblich schön. Ich versuchte mich zu erinnern, wann ich zuletzt einen Geruch als so toll empfunden hatte...

Mich beschlich ein Verdacht: ich betrachtete die Schmetterlinge um mich herum genau, die in allen erdenklichen Farben erstrahlten und versuchte meinem Verdacht nachzugehen.

Das brachte mich nicht weiter. Weder konnte ich in einem der Schmetterlinge die Raupe erkennen, die er einst war, noch konnte ich mit Sicherheit ausschließen, dass ich vielleicht einige der Schmetterlinge als Raupe gekannt hatte. War ich wieder zuhause?

»Nein,« beantwortete ich meine eigene Frage. Denn ich war nicht mehr, wie ich war und der Ort den ich suchte, war sicherlich auch nicht mehr derselbe – er konnte für mich nicht mehr derselbe Ort sein, weil ich mittlerweile ein Anderer war. Ich hatte meinen Weg selbst finden müssen, hatte lernen müssen, habe auf meinem Weg viele andere Tiere kennenlernen müssen. Und auch die Anderen mussten ihren Weg selbst finden. Was hatte ich mir auch gedacht: dass ich den Anderen etwas sagen würde und sie würden dann das tun, was ich dachte? Wenn ich genauer darüber nachdachte, hätte ich das auch nicht wirklich gewollt, dass Andere etwas nur aus dem Grund tun, weil ich es ihnen sage: dazu hatte ich selbst zu oft erlebt, dass mir andere in mein Leben hereinreden wollten. Und das hatte mir überhaupt nicht gefallen.

Und dann plötzlich war alles anders geworden. Zunächst hatte mir die Veränderung Angst gemacht. Dann hatte ich gelernt mit der

Veränderung zu leben – etwas daraus zu machen.

Was mir die Bekanntschaften meines Weges wohl sagen würden, wenn sie mich jetzt sehen würden?

»Du fliegst ja mittlerweile richtig gut,« vielleicht, »hast Du denn auch deine Selbstzweifel mittlerweile im Griff?«

Ja, das hatte ich. Zumindest viel besser als zuvor. Und ich hatte viel gelernt aus den Begegnungen mit dem Wurm, mit dem Käfer, mit der Wespe, mit der Ratte, mit dem Biber – ja, sogar aus meiner Begegnung mit der Spinne. Sie alle hatten mir etwas aus ihrer Lebenswelt erzählt und mich damit etwas über meine eigene Lebenswelt begreifen lassen. Vielleicht würde ich dem einen oder anderen Tier ja noch einmal begegnen. Ich konnte sicherlich noch einiges von ihnen lernen. Sicher konnte ich auch von anderen Tieren noch einiges lernen...

Es wäre auch eine schöne Abwechslung, Zeit mit jemandem zu verbringen, der mich so akzeptierte wie ich war, sagte ich mir. Bisher verbrachte ich die meiste Zeit mit Tieren die mich nicht akzeptierten, die sich so gaben, wie sie glaubten, dass man zu sein hätte – und genau das erwarteten sie auch von ihrem Umgang. Aber zu diesem Umgang wollte ich künftig nicht mehr gehören. Aber vielleicht stieß das bei den Anderen gar nicht so zwangsläufig auf Ablehnung, wie ich vermutete.

20

Ich sah mich um: wo waren all die anderen Tiere? Ich flog ein wenig höher um sie zu entdecken als es plötzlich dunkel wurde. Das Summen und Brummen klang bloß noch dumpf an mein Ohr heran. Immer schwächer werdend drangen die Düfte in meine Nase und verschwanden dann gänzlich.

Was war geschehen? Ich flog durch die Finsternis, stieß an irgendetwas, flog weiter – noch immer völlig orientierungslos.

Panik! Ich hatte keine Ahnung wie ich mich angemessen verhalten sollte, versuchte mich zu beruhigen...

»Erstmal vorsichtig zu Boden gleiten lassen,« sagte ich zu mir selbst, »dann ist zumindest schon mal sicherer Boden unter den Füßen. Dann sehen wir weiter.«

Dann wurde es plötzlich wieder hell!

21

Ich sehe mich um. Ich bemerke, dass die vielen bunten Blumen fort sind. Unter mir liegt keine Wiese mehr. Über mir ist kein Himmel mehr zu sehen. Keine Wolken schweben lautlos durch die Lüfte. Keine Sonne scheint am Himmel. Keine Düfte dringen in meine Nase. Keine Geräusche sind wahrnehmbar.

Stattdessen sehe ich ein reichhaltiges Geflecht aus Gefühlen, Erinnerungen, Zweifeln, Wünschen, Ängsten, Erfahrungen und Erkenntnissen: deine!

»Ja, lieber Leser, jetzt bist Du an der Reihe Deinem Schmetterling fliegen zu lehren.

Was wird er wohl erleben? Welchen Tieren wird er begegnen? Wird er seinen Weg nach Hause finden? Ist er noch Raupe, oder schon

Schmetterling? Ist er damit fertig geworden eine Raupe gewesen zu sein und als Raupe behandelt zu werden? Versucht er mehr zu scheinen als er ist? Oder versucht er schön zu erscheinen, um von seinen Selbstzweifeln abzulenken? Das alles sind Fragen, die Du mir natürlich nicht beantworten musst – aber Dir selbst!«

Thorsten Lux, geboren und aufgewachsen in Gießen, schreibt Lyrik und Kurzgeschichten. Unter dem Pseudonym »Reim-und-Klang« sendet er seit nunmehr fast zwanzig Jahren wöchentlich eine Radioshow »[h]Ear-Adventure« auf »Radio Lauschrausch«. Außerdem kreiert und produziert er Slapstick Kurzfilme für »Wutzdog Filme« in denen er teilweise auch selbst mitspielt.

Mit »Fliegen« liegt sein erstes vollständiges Buch vor